KB270849

나는 세상을
떠도는 집

조병준 1960년에 태어났고, 서강대 신문방송학과와 같은 대학원을 졸업했다. 방송개발원 연구원, 광고 프로덕션 조감독, 자유 기고가, 극단 기획자, 방송 구성 작가, 대학 강사, 번역가 등 여러 직업을 거쳐, 지금은 글 쓰고 떠나고 만나는 삶에 전념하고 있다. 1992년 《세계의 문학》 가을호에 〈평화의 잠〉 외 3편의 시로 등단했다. 30대 시절 10년 동안 여러 차례 인도와 유럽 등지를 여행했고, 그 사이 다섯 번에 걸쳐 약 2년간 인도 캘커타 마더 테레사의 집에서 자원 봉사자 생활을 했다. 1995년 말부터 여러 매체를 통해 문화에 관한 글을 발표하기 시작한 이래 활발히 글쓰기를 하고 있다.

쓴 책으로 《나눔 나눔 나눔》 《제 친구들하고 인사하실래요?》 《사랑을 만나러 길을 나서다》 《내게 행복을 주는 사람》 《나를 미치게 하는 바다》 《따뜻한 슬픔》 등이 있으며, 옮긴 책으로는 《유나바머》 《영화, 그 비밀의 언어》 《나의 피는 나의 꿈속을 가로지르는 강물과 같다》 등이 있다.

나는 세상을 떠도는 집

2007년 9월 15일 초판 1쇄 발행. 2021년 4월 30일 초판 2쇄 발행. 조병준이 쓰고, 박정은이 펴냈습니다. 표지와 본문의 삽화는 윤루시아가 그렸습니다. 본문 교정은 이홍용이 하고, 표지 및 본문 디자인은 박소희가 하였습니다. 인쇄 및 제본은 성진사에서 하였습니다. 출판사 등록일 및 등록번호는 2003. 2. 11. 제 25100-2017-000092호이고, 주소는 서울시 은평구 은평로 3길 34-2, 전화는 (02) 3143-6360, 팩스는 (02) 6455-6367, 이메일은 shantibooks@naver.com 입니다. 이 책의 ISBN 978-89-91075-41-2 03800이고 책값은 12,000원입니다.

나는 세상을
떠도는 집

조병준

詩의 집

【산티】

詩의 집, 문을 열다

"무슨 믿음이 있어
한 낮은 이리도 고요할까.
이 시대의 모든 부질없는 믿음들을
끌어모아 우리들은 그것을 시라 불렀었으니……
—1983. 12. 1 병준에게"

그해 생일 선물이었다.
곽재구 시인의 첫 시집 《사평역에서》 초판본의 뒷장에 적힌,
그 시집을 내게 주었던 친구의 헌사.
종이가 누렇게 변색할 만큼의 시간이 지났지만,
문자는 여전히 견고하다.
부질없는 믿음들, 시가 우리를 구원할 것이라고 믿었다.
정말로 시가 우리를 구원했는가?

성급하게 답하지 않으련다.
그 정도 지혜 또는 계산을 배우기에 충분할 만큼은
시간이 흘렀다.
부질없음이 때로 우리에게 허용된 유일한 생의 도구임을
알아차리기에도 역시 충분한 시간이었다.

짧지 않은 생에 끌어모은 믿음들, 겨우 한 줌이다.
쓸쓸하지만, 기쁘다.
부질없는 믿음, 내게 선물하고 떠난
친구 H에게 이 시집을 바쳐야 한다.

2007년 9월 조병준

나
는
세
상
을
떠
도
는
집

·
·
·
●
차
례

나는
세상을 떠도는 집

3. … …

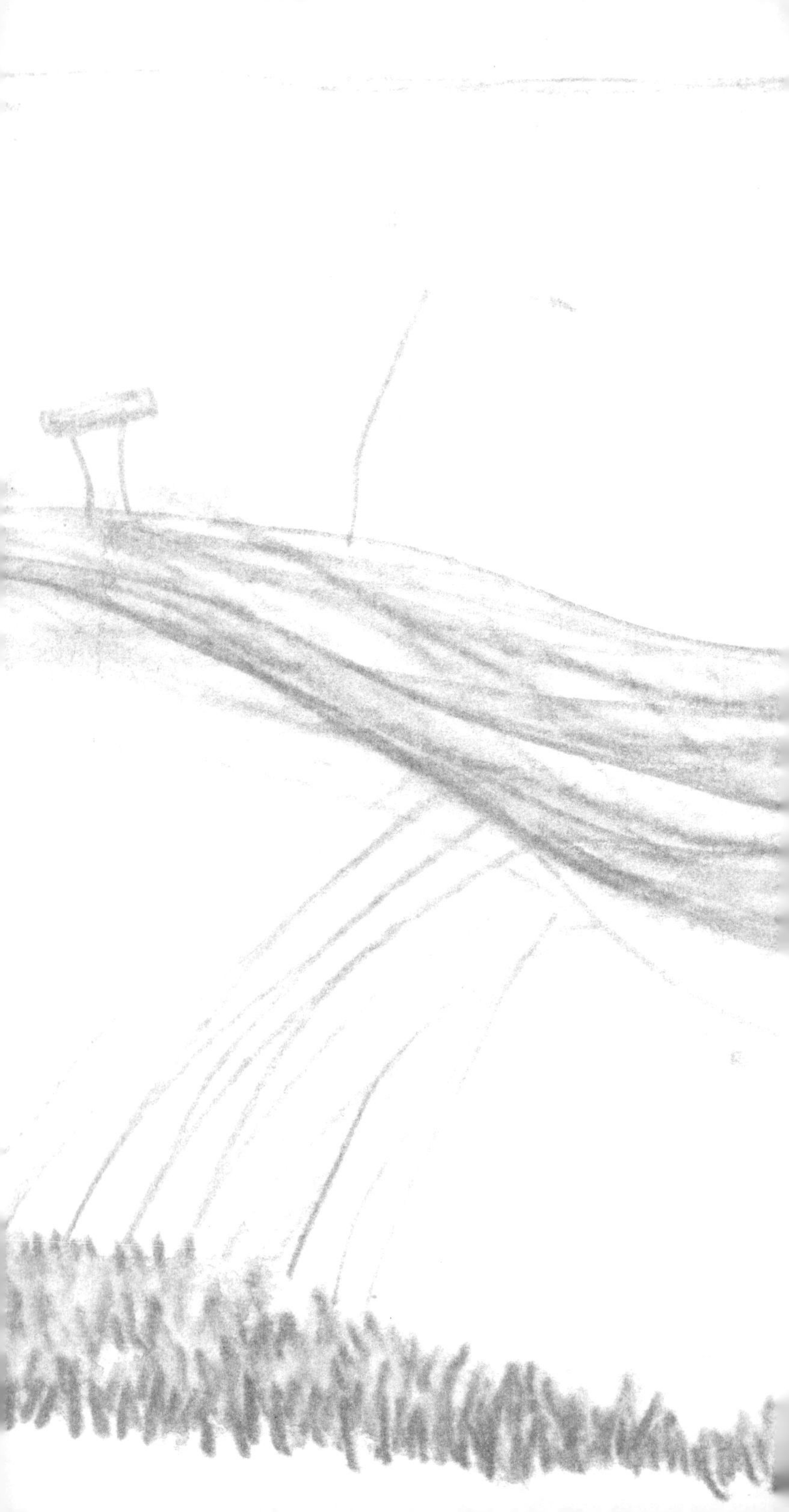

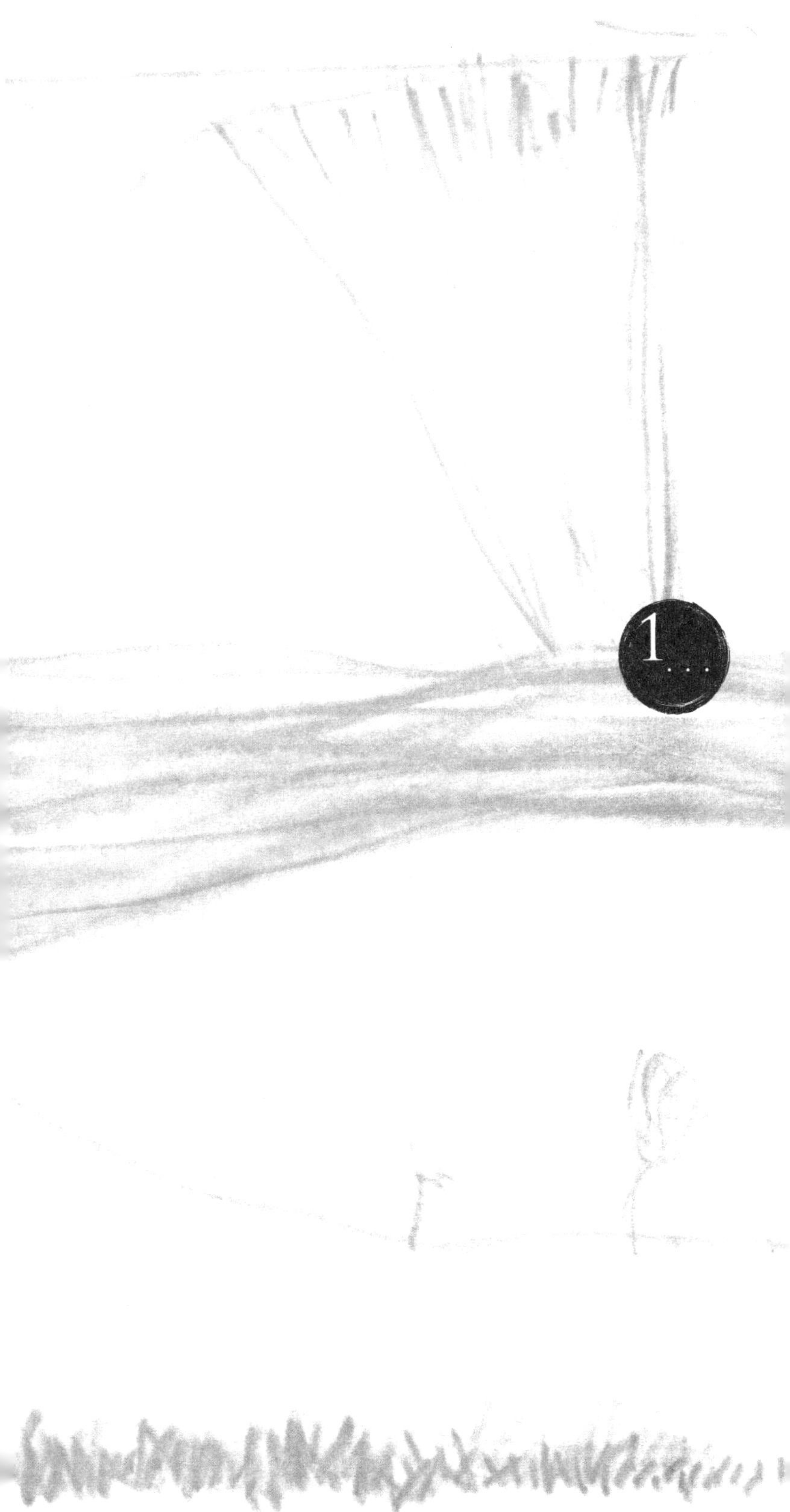
1

평화의 잠

1.
내 나무 밑 그 벤치에
누군가 잠들어 있는 날도 있었다
그러면 나는
그 벤치를 멀리서 서성이며 지키는
작은 나무가 되어보기도 했다

─내가 그대의 건너편에서
그대 벗어놓은 구두와
그대 집 잃은 여름밤을
지킬 터이니, 그대여
편히 잠드시라

2.
아이들은 손뼉 치며 노래하고 있었네
밤이 깊어
일생의 일을 모두 마친 벌레들이
서둘러 불빛 속으로 돌아가고 있을 때
오, 신비한 녹색이여
밤이면 한없이 신비한,
불빛에 떠 있는 나뭇잎을 세다가 잠이 들었네
잠든 몸 위로 나뭇잎이 떨어져
내 몸이 나무가 되는

꿈을 꾸었네

노래하던 아이들은 어느새 돌아가고
나뭇잎 사이의 밤은 투명해져 있었네
어디선가 차가운 물 한 방울, 내 발목을 적셨네

3.
새벽바람이
떨어진 꿈들을 쓸어 모아 지나가면
나는 아직 따뜻한 그 벤치에 누워
잠시 내 몫의 꿈을 꾸어보기도 했다

─언젠가 그대
나무가 되었을 때
그대 발치에 구두 벗고
내 집 잃은 여름밤 그대에게 맡길 때
그대여
내게 편안한 잠 허락하시라

네 앞에 서면

네 앞에 서면
온통 벌판이야
시린 햇빛이야
고개 숙이고 눈 부비다가
돌아서 네 뒤에 서면
온통 저녁이야
짧은 노을이야
고개 들고 눈 감다가
또 뒤돌아 네 앞에 서면
다시 온통 벌판이야 시린 햇빛이야
또 뒤돌아 네 뒤에 서면
다시 온통 저녁이야 짧은 노을이야

언젠가 한 번 온전히 너를
바라보고 싶어
온전히 한 번
네가 등 뒤에 없는 세월을
살아보고 싶어

달도 없는 밤에

당신이 온다길래
어쩌면 올지도 모른다길래
새벽이면 올 것 같아서
풀 베러 일어났지
당신이 올라올 먼 산길
길 잃어버려
새벽에도 오지 못할까봐
한밤부터 풀 베고 있었지

내 집 모퉁이 도는 길
풀들, 나란히 누우며
편히 자겠다고 인사할 때,
겨우 고만큼밖에 못 베었는데
당신, 벌써 왔지

꿈처럼 비 오는데
풀들 밤새 잘 자라고 비 오는데

아득히 먼 발치에 당신, 누워서
내게 말했지
달도 없는 밤에 웬 낫질이었느냐고

나는 천사를 믿지 않지만
—안젤로 혹은 캘커타의 선한 이들에게

이상도 하지
내가 걸어온 길에는
짐승투성이
꼬리를 흔들며 다가와서는
더러운 발톱으로 내 손가락,
내 손등, 내 손바닥에
꼭 한 번씩은 생채기를 내고
그러면 그게 억울해서
다음 길에 만난 어떤 이에게
그 짐승의 이야기를 하고
그 또한 짐승이었음을
그가 어느새 떠나고 없는
나무 등걸의 오후에야 알게 되고
그래서 언제나
늦은 저녁길로만 다니게 되고

그렇게 사는 거라고
짐승을 만날수록 천사를 믿어야 한다고,
나는 천사를 믿지 않았지만,
내 길 반대편에서 오는
어린 여행자들에게 타일렀지만,
그래도 한 번쯤은 천사를 만나고 싶었지만

그래서
힘에 부친다는 말도 하기 힘들어서
내가 길을 접어서
집으로 돌아가고 싶었을 때
한 번 더 마지막으로 돌아보고 싶었을 때
이상도 해라, 저기서
상처투성이 짐승들에게
흉터투성이 양 손으로 서툴게
붕대를 감아주고 있는
저 짐승은 누구일까
저 짐승의 이름은 무엇일까

강물

강물이 나를 버리고 간다.
낙엽들, 깃털들, 꽃잎들
속에 버리고 간다.
한 번쯤은 끝까지 데려갈 줄 알았는데
그냥 그 모퉁이 자리에서 썩으라고 버리고 간다.

나, 어느 오래 전 생에서는 낙엽이었고
어느 희미하게 기억나는 생에서는 어린 물새였고
어느 짧았던 생에서는 망자를 위해 꺾인 꽃이었던가
오래 가물어 그 모퉁이 자리에서 떠나지 못하고
기억들, 모두 거품이 되었다.

큰비 내린다
강물들
나를 데리고 간다
또 어딘가 고요하고 평안한
모퉁이 자리에서 썩으라고 버리고 가려고

어느 생에선가 어떤 강물이
내게 말했던가
나를 그곳에 데려간다고
그곳으로 가려면
아주 많은 강물에 흘러야 한다고

모든 강물이 태어나는 그곳으로
나를 데려가기 위해서라고

검은 숲

검은 숲
나, 그곳에서 길 잃은 적 있다

맛있는 저녁을 먹고 산책길에 나섰다가
숲이 끝난 언덕에서
늦은 여름해에게 오래 작별 인사 하다가
푸른 구름이 붉은 지평선 잠재우는 모습 보다가
내 모든 지나간 시간들 까맣게 지워지고
어쩌면 더 이상 거쳐 갈 시간이 없을 것 같아
무서워져서
어두운 숲길 빨리 걸어 내려오다가
길 잃었다

뿌리들은 뱀으로 기어가고
가지들은 길짐승으로 달려가고
잎들은 새가 되어 날아갈 때
검은 숲, 모든 이야기의 숲이 되어
나, 그 모든 색채의 숲에서
아주 길고 먼 시간을 살았다

검은 숲,
나 그곳에서 길 찾은 적 있다
아직도 그대에게 가르쳐주지 못한

봄날은 간다

애인의 손가락 사이로
끝도 없이 봄날이 흘러갑디다
밑도 없는 그 설움이 미워지더라지요
오지도 않은 봄날이 가기부터 하느냐고
그 강물에다 흙 한 덩어리 집어 휙 뿌렸더라지요
그 흙 한 덩어리 다 가라앉을 때까지
참 길기도 긴 세월 흘러갑디다

손가락 멈추고 돌아선 애인이
그 꽁꽁 언 하늘에 대고 중얼거립디다

언제 봄날이 오는 걸 본 적이나 있느냐고요

꽁꽁 언 애인의 손가락 사이로
차기도 차가운 바람 흘러갑디다

지지리도 못난 사랑이
끝내 봄이 되어주지 못했더라지요

유리걸식流離乞食

그 긴 사랑 노래 다 지웠습니다.
그래요, 이리 오래 살면 뭐하겠습니까.
배우지 못하는 생인 것을요.

부끄러운 줄도 모르고 그 긴 노래,
쓰레기통을 뒤져 건져냅니다.

주절주절, 길기도 합니다.
한 줄이면 될 것을요.
이 허기진 생, 불쌍히 여겨 밥 한 상 차려주시오,
눈먼 일자무식의 애걸복걸 비렁뱅이질입니다.

먼 눈에서 진물이 흐릅니다.
들어주는 이, 보아주는 이 없으니 짐승이 되어
이 큰 세상, 온 바닥을 기어다니며
꺼억꺼억 들어간 것도 없는 뱃속을 토해냅니다.

마음, 그리도 얇은 유리판이었습니다.
그리도 쉽게 잘 부서집니다.
사방에 파편입니다.
손바닥에 무릎에 유리조각들이 박힙니다.
배우지 못한 죄값입니다.

박힌 유리조각들이 살 속으로,
핏줄 속으로 흘러갑니다.
사방에 흩어진 저 유리조각들,
다 핏줄 속으로 집어넣으려면
얼마나 더 오래 기어야 한답니까.

마음 하나 다시 만들어지려면
얼마나 오래 이 큰 이 세상을 기어야 한답니까.
그래봐야 또 유리 마음일 것을요.

복권

기왕에 꿈을 꾸려거든
암퇘지 수퇘지 애기돼지 모두 데리고
어머니 아버지 동생들 모두 다
손뼉 치며 놀다가 그대로 끝낼 것이지
"우리는 서로 어울리지 않아요"
가난하게는 못 산다며 가버린 애인
돼지꼬리 잡고 튀어나와선
"당신의 성공은 서북쪽에 있어요
당신이 가면 지구는 또 한 십 도쯤
북북서로 돌아가 버리겠지만요"
매운 연기만 피우곤 사라져버리겠지

사람답게 살고 싶어
마를 날 없는 우리 동네 여자들 눈물샘도
시멘트로 꽝꽝 막아주고
근사한 우물도 하나 파주고
허구한 날 삐걱대는 아저씨들 허리에
자석 갑옷도 한 벌씩 입혀주면서
뭐 그렇게
밑 빠진 독에 신나게 물도 부어가며
재미나게 살고 싶어

그런 일확천금이 세상에 어디 있냐고?

“인생은 돈 놓고 돈 먹기예요”
얼씨구
“사랑은 끊어요”
좋고
“도대체 그 판에 당신이 걸 게
반 푼 어치라도 있어요?”

머나먼 집

당신을 보았다고 생각했습니다
신도림 2호선 통로로 밀려 내려가는
당신이 있었습니다
인천행 막차의 취객들이 길을 내주지 않아서
인천행 막차의 자동문이 가방을 놓아주지 않아서
내가 당신의 뒷모습 다시 확인하지 못하고
2호선 플랫폼으로 달려 내려갔을 때
성수행 6량 열차와 을지로입구행 10량 열차
나란히 들어오고 있었습니다

정말로 그 사람은 당신이었습니까
두 열차 중 하나는 버려야 했습니다
나는 항상 그렇게 살았습니다
내가 버린 쪽만이 언제나 옳았습니다

신대방 구름다리 역사 위에서
그 넓은 세상의 불빛을 세었습니다
생각해 보면 아주 많은 당신이 있었습니다
참 버거웠던 당신들이
한 사람씩
내가 버린 방향으로 갔을 때마다
내가 돌아갈 집은 한 정거장씩 멀어졌습니다
어느 날인가 나는 영영

집으로 돌아갈 수 없을는지도 모릅니다

신도림행 마지막 열차가 들어오고 있었습니다
10량 가득 당신이 있었습니다

신도림에서의 담배 한 대

신도림 1호선 플랫폼
노란 나트륨등 아래
2호선 연결 통로 담장에 기대어
안전선 뒤로 한 걸음 물러서
헤아릴 수 없는 남자들이 담배를 피운다
디스 오마샤리프 88라이트 하나로 엑스포
가끔 마일드세븐라이트나 말보로라이트
지하철 구내에 금연이 선포되기 이전의
풍경을 기억하는 사람은 없다 이제는
신도림 지하역에서 지상역으로 올라오면
모두들 어김없이 담배를 꺼낸다
안산행은 일찍 끊어지고
수원 인천 주안 부평 구로
주홍색 안내등 켜지고 종소리 울리면
우수수 빨간 담뱃불 안전선을 넘어
철로에 몸을 던진다
자욱히 피어오르는 향 속에서
불 꺼진 남자들 자동문으로 밀려간다
뚜껑이 닫히면 세상일을 모두 마친 남자들
서쪽의 아름다운
집으로
돌아간다

성급한 남자들 벌써 입술에 담배를 물고
신도림 1호선 플랫폼으로 뛰어올라온다
나트륨등 아래서
안전선 한 걸음 뒤에서
라이터를 켠다
신도림에서의 담배 한 대

슬픈 여인숙

다시 그 여인숙에서 잔다

눈을 크게 뜨고 하품을 하면
눈물이 조금 나와 볼록렌즈를 만든다
입을 꼭 다물고 침을 삼키면
새벽처럼 귀청이 투명해진다
꽃무늬 벽지 뒤로 사랑하는 사람들이 보인다
베니어합판 뒤로 꿈꾸는 사람들이 들린다

허술한 속옷이 보인다
후줄근한 잠꼬대가 들린다

다시는 가지 않겠다
그 슬픈 여인숙

희생

오늘은 햇빛이 차갑네
나뭇잎들도 햇빛에 떨고 있어
저녁이 오늘은 일찍 오려나
그래 하지가 얼마 남지 않았지
그래 여러 날을 비가 내렸지
나뭇잎들도 비를 덮고 따뜻했을 거야
저 사람들은 어디로 달려가고 있을까
저렇게 얇은 옷들을 입고
어떻게 이 차가운 햇빛 속을 달려가나
나는 목단추까지 꼭꼭 채워도
이렇게 포플러처럼 온몸을 떨고 있는데
이 깊은 숲에서 오늘도 나가지 못하면?
아냐 아무도 유월에 얼어죽지는 않아
하지만 저 햇빛을 봐
작은 자갈돌들을 빛나게 얼리는 저 햇빛
이리 오렴 작은 짐승들아
함께 오늘 밤만 견뎌보자꾸나

배고픔과 탈진 외에는
다른 이유가 있을 수 없다고
검시관은 부검 없이 결론을 지었다
걸인이 공원의 작은 숲에서 떠나자
비로소 여름이 찾아왔다

밤과 나무

그것은 잊었던 옛사랑이 되살아오는 그런
순간과 비슷하게
어느 밤에 갑자기 밤길이 발목을 잡아챈다
앞에서 뒤에서 지나치는 사람들에게
나무가 되어주고 싶은 쓸쓸한 실족失足
사람들은 무심히 어깨를 스치며 지나고
나는 담에 기대 있는 어떤 사람이
나무로 서 있으리라곤 믿지 못하면서

나를 지나쳐간 어느 누군가
어두운 골목에 나무로 서서 나를 기다리다
천 개도 넘는 팔로 내 무서움을 안아 올려
내 부푼 허세의 갈기를 잠재워 주었으면 꿈꾸는
천 개도 넘는 내가
누구에겐가 나무가 되어주고 싶은
아득한 실족이
어느 밤에 거짓말처럼

생명의 양식

오래 당신을 기다렸어
나는 죄의 값을 치러야 했어
모든 사람 안에서 당신을 만났어
당신, 내 일용할 양식

이제 당신을 잊을 거야
아직 치러야 할 죄의 값이 남아 있지만

모든 사람 안에 당신을 묻을 거야
당신, 내 일용할 허기

그래서 나는 죽을 때까지
배고픔을 모를 거야

오래 오래 나의 죄의 값을 치를 거야

사랑, 기어온다

나는 그저 걷고 있었을 뿐이다
내 눈먼 발치로 내 오지랖 넓은 눈이
포르르 기어 내려간 건 내 잘못이 아니다
당신이 내 발치에서 스르르 기어가던 것이
당신 잘못이 아니듯이

당신이 그것을
서러운 예정이라 부르든
징그러운 윤회라 부르든
나는 상관하지 않는다

당신, 기억하겠지
이쁜 도마뱀으로 기어와
내게 꼬리 던져주고 달아났던 날을
고운 까치독사로 기어와
내 복숭아뼈에 독니 박고 몸부림치던 날을
허리 가는 개미로 기어와
내 눈 속에서 맴돌고 또 맴돌던 날을
바짝 마른 지렁이로 기어와
내 발바닥에 들러붙어 떠나지 않던 날을

당신, 잊었겠지
이 징그럽게 긴 세월,

내 눈먼 발이 몇 억의 당신에게로 걸어갔는지
이 서럽게 둥근 세상,
내 밝은 눈이 몇 억 바퀴를 돌았는지,
잊었겠지,
잊었으니 또 그렇게 기어왔던 거겠지

레스터 스퀘어

모든 방향으로 당신을 기다렸습니다
길은 모든 방향으로 나 있었고
저는 당신이 어느 방향에서 올지
알지 못했으므로
모든 방향으로 당신을 기다려야 했습니다
자꾸 방향을 바꿔 앉아야 했습니다
제가 동쪽을 보고 있었을 때
당신은 북쪽에서 오고 있을지도
몰랐기 때문에
저는 빙글빙글 돌아야 했습니다
모든 방향으로 당신이 오셨지만
이미 저는 그 춤을 멈출 수 없었습니다

낙타 한 마리

— 사는 게 왜 이렇게 지겹지?
애인은 말했다
"왜 그렇게 자존심을 못 죽여요?"

— 사는 게 사막이야
두 번째 애인이 타일렀다
"당신만 그런 거 아니래두요"

— 사는 게 왜 맨날 똑같지?
세 번째 애인,
"왜 맨날 똑같은 얘기만 해?"
떠났다

꿈속에서만 연애하자고 결심했더니
꿈속에서처럼,
몇 번째인지 이제 셀 수 없는 애인
내게 노래했다
"낙타를 한 마리 사세요
주눅 들지 말구요"

낙타를 타고 애인 떠났다
딸랑딸랑 모래들이 노래하는 곳으로

성자를 찾아서

내게 커다란 꿈이 있었으니
순결한 어느 현자賢者를 만나
그분의 품 안에서 하룻밤의 단잠을 자고 싶었네
사막으로 길을 나섰네
그분께 드릴 고귀한 선물을 허리에 두르고

가엾은 들쥐의 목숨을 구하기 위해
소중한 선물의 십분지 일을 방울뱀에게 주었으나
들쥐는 잠든 내 허리에서
두 번째 십분지 일을 훔쳐가 버렸네
사막에도 큰 도시가 있어 내 발길을 멈추게 했네
상인들이 내 소박한 선물을 비웃고 나를 유혹해
세 번째 십분지 일로 크고 빛나는 물건을 바꿔주었으
나
빗물에 씻긴 그것은 그저 이끼 낀 돌일 뿐이었네
어느 여인이 비에 젖은 내 몸을 말려주었으나
아침이 되자 여인은 내게 손을 내밀었네

내가 버릴 수 없는 꿈이 있었으니
강건한 어느 철인哲人을 만나
한 마디의 진리를 얻기 원했네

풍문을 따라서 깊은 산으로 들어갔네

그의 앞에 가려면 가진 것 전부를 내놓아야 한다고
철인의 제자라는 사람들이 말했지만
그때 이미 나는 세상을 어렴풋이 알고 있었네
나는 다섯 번째 십분지 일만을 그들에게 주었네
높은 바위 위에 한 사람이 앉아 있었고
바위만큼 높이 쌓인 금화 밑에는
수많은 사람들이 엎드려 있었네
다시 한 번 십분지 일을 그에게 바치고 엎드려 기다렸
으나
끝내 바위 위의 사람은 입을 열지 않았네
홀로 산을 내려왔으나
그 제자들 앞에서 내 허리를 잡고 매달리던
어느 노인의 애원을 뿌리칠 수가 없었네
노인은 수도 없이 머리를 조아리며 산으로 들어갔네

끝없는 바다도 그 꿈을 가로막지 못했으니
어느 온유한 목자牧者의 물병에서
맑은 물 한 모금을 받아 마시고 싶었네
뱃사람들은 내 여윈 몸도 대가 없이는 실어주지 않았
네
무서운 폭풍우가 몰아쳤을 때
뱃사람들의 뜻대로 아홉 번째 십분지 일을 바다에 바
쳤으나

배가 육지에 닿자 뱃사람들은
내게 남은 마지막 선물마저 빼앗고는
나를 노예로 팔아 넘겼네
늙어 쓸모없이 되자 주인은
사막에서 내 다리의 족쇄를 풀어주었네

내게는 선물이 하나도 남아 있지 않았네
이 사악한 지상에는 내가 찾던 그분이 없었네
독수리들이 내 목숨을 쪼으려 내려왔을 때
어린 양치기 소년이 그것들을 쫓아주었네
소년이 내게 맑은 물을 주었고
소년의 품이 내 육신의 꿈을 묻어주었네

오랜 세월이 지나고
소년은 아름다운 청년이 되어 그곳으로 왔네
청년은 내 뼈들 중 가장 둥글고 빛나는 뼈 열을 주워
허리에 두르고 길을 떠났네
영원히 둥글고 빛나는 내 꿈이 있었으니
이 지상에서
성스런 그분을 만나고 싶었네

필릴리 필릴리 필릴리이

필릴리 필릴리 필릴리이
학교엘 갈까 피리소릴 따라갈까
한 번만 더 피리소릴 따라가면 집에 들여놓지 않겠다
고
아버지는 정말로 대문을 잠가버리기도 했지만
필릴리 필릴리 필릴리이
피리소릴 따라갈까 학교엘 갈까

필릴리 필릴리 필릴리이
필릴리 필릴리 필릴리이

꼬마야 이젠 밤이 늦었구나
괜찮아요 엄마가 뒷문을 열어두니까요

필릴리 필릴리 필릴리이
학교엘 갈까 피리소릴 따라갈까
아버지에게 매 맞은 엄마는 일어나셨을까
필릴리 필릴리 필릴리이

필릴리 필릴리 필릴리이
피리소릴 따라갈까 가지 말까
필릴리 필릴리 필릴리이

꼬마야 집을 잃었니?
아뇨 문이 열리지 않아요 엄마가 없으니까요
이 작은 피리를 불어보련?

필릴리 필릴리 필릴리이
학교엘 갈까 피리소릴 따라갈까
필릴리 필릴리 필릴리이
피리소릴 따라갈까 가지 말까
필릴리 필릴리 필릴리이

나 같은 아이도 아저씨처럼 피리를 불 수가 있나요?
네가 돌아가도 뒷문이 열려 있지 않으면
밤마다 네가 큰 나무 밑에서 잠들게 되면
그리고 밤이 늦어도 집에 가지 못하는 아이에게
네가 이 작은 피리를 주게 되면
그때는 네가 피리소리가 될 수 있단다

필릴리 필릴리 필릴리이
학교엘 갈까 피리소릴 따라갈까
필릴리 필릴리 필릴리이
필릴리 필릴리 필릴리이

정원사

뛰어난 정원사였다. 부르는 집이 워낙 많아 많은 나무들이 그를 기다리다 때를 놓쳐 비틀린 모습으로 커버리기도 했다. 술을 너무 좋아하는 것이 문제였다. 그가 가위를 드는 날은 마지막 동전까지 마셔버린 다음 날뿐이었다. 운이 나빠 그 날이 휴일에 걸리면 정원의 주인은 두 배의 값을 치러야 했다. 어쨌든 그는 그 고장, 아니 그 나라의 제일가는 정원사이자 제일 고약한 술꾼이었다.

"내 소원이 뭔지 알아?
하루라도 내 몫으로 정원 하나를 갖는 거야.
평생을 남의 정원만 가꾸며 살아왔어."

대저택의 주인은 영리한 사람이었다. 교묘한 조건으로 대저택의 주인은 술에 곯아떨어진 정원사와 계약을 맺는 데 성공했다. 일 년간 그의 정원을 돌봐주면 그의 정원을 하루 동안 정원사의 소유로 해주겠다는 것이었다. 단! 한 모금이라도 술을 입에 대는 순간 정원사는 대저택의 정원에서 쫓겨나게 돼 있었다.
모든 사람의 예상은 빗나갔고, 일 년 뒤 대저택의 정원은 온 나라에서 가장 아름다운 정원이 되었다. 소문은 멀리 퍼져 일 년째 되는 날은 그 고장이 생긴 이래 가장 많은 외지의 손님들이 몰려들었다. 대저택의 주인은 정원의 입장료로 그의 평생에 가장 큰 돈을 만질 수 있었다.

자정이 되어 계약대로 정원은 정원사의 것이 되었다.

다음날 아침 사람들은 가지 하나 남김없이 모조리 잘려나간 정원을 보았다. 술병에 미끄러져 자빠지면서 정원사는 폐허가 된 정원을 한없이 돌고 있었다.

"내 소원이 무엇이었는지 알아?
내 몫으로 정원 하나를 갖는 거였어.
내 평생에 하루였는데, 손봐 줄 가지가 없었어."

세상은 날 보고

세상은 나의 인큐베이터
―너는 너무 약해 어떻게 살아갈 수 있겠니
내 잘린 탯줄로 흘러 들어온 산파들의 탄식이
내 유년의 양식이었다
―너는 형편없는 게으름뱅이거나 둘도 없는 꾀병쟁이
야
늙은 훈육주임들의 회초리가
내 손바닥과 종아리에
내 순환기의 항해도를 그렸으며
―애를 그렇게 다그치지 말아요
―애가 아냐 저 나이에 난 재를 낳았어
아버지, 나의 작업반장
나는 아주 많은 종류의 공포증의 숙련공

무서워요

무서워 말거라
네가 세상을 사는 것이 아니란다
세상이 너를 살고 있는 것이란다

누구셔요?
왜 한 번도 모습을 보이지 않으면서

바람은 나의 어머니

바람은 나의 어머니
방종하고 타락한 어머니
아비 없는, 아니면 아비 아주 많은
나를 담벼락 틈바구니에 낳고는
영영 달아나버렸다
지나가던 비들이 가엾다고 젖 한 모금 물려주고
흘러가던 벌레들이 쯧쯧 혀 차며 밥 한술 던져주면
악착같이 먹고
이 찬란한 복수의 날을
기다렸다

나는 이제 날아갈 수 있다
저 푸르디푸른 지붕 넘어서
내 방종하고 타락했으나 불쌍한 어머니,
내 날개에 태우고
저 무수한 내 아비들께 모셔다드리려고

내 찬란한 햇빛 아버지들께

탁발

— 우리 집에 왜 왔니?
— 외롭고 쓸쓸해서요
　찬밥 있으면 주셔도 되구요

— 다시 왔니?
— 밥은 다른 데서 얻어먹고 왔어요
　바람이 차가워서요

— 오랜만에 왔구나
— 밥도 푸짐하게 먹었어요
　누가 따뜻한 담요도 덮어줬어요
　그냥 혼자 있기가 싫었어요

— 왔니?
— 왜 이렇게 허기가 안 가시죠?
　왜 이 세상의 집들은 이렇게 춥죠?
— 원래 그렇게 만들어진 집들인 걸
　안 그러면 집 떠나 길로 나설 생각을
　누가 하겠니?
　그 외로운 길로

가볍고 낭만적으로

희망이 없었다
나는 너무 가볍고 너무 낭만적이었기 때문에

그들이 어느 오후, 어느 창가에서 절망하고 있었을 때
나는 그들의 절망의 창문 아래에서
까치발로
그 절망의 창틀이라도 만져보려다가
언제나 내 볼 넓은 발 때문에 벗겨지던 신발
잃어버리고
할 일 없이 희망에 젖어서
저녁 내내 어두운 창 아래로 걸었기 때문에
희망이 없었다

누군가 내게 충고했다
나처럼 살아서는 희망이 없다고
절망은 아주 쉬운 일이라고
대꾸하지 못했다
혼자 또 걸으며 중얼거리기만 했다

제 한숨들은요,
다 합쳐도 참새 깃털 하나 무게도 안 나간답니다
제 연애들은요,
다 이어도 거미줄 하나 못 짓는답니다

남들처럼 살고 싶었답니다
장엄하고 고전적으로요

고기 잡는 아버지

어린 내가 어머니에게 투정을 부렸다
아버지의 할아버지께선
저 갯바위에서
바구니가 넘치도록
팔뚝만큼 커다란 고기를 잡아오셨고
할아버지께선
앞섬을 조금 더 나가서
고등어를 한 배 가득 채워 오셨다는데
아버지는 그렇게 멀리 몇 날을 나가서도
겨우 멸치만 겨우 그만큼을 건져 오느냐고

아버지는 멸치보다 나을 것이 없어요
아버지의 할아버지께서 잡으셨다는
고기의 이름을 어머니는 아셔요?
제가 크면 아버지 대신
그 고기를 잡아다 드리겠어요

나는 수평선을 셋씩이나 넘어갔다가
돛대마저 잃어버리고
겨우 목숨을 건져
남의 배로 돌아왔다
검버섯 핀 손으로 내 머리를 쓸어주시며
어머니는 나를 잠재우셨다

아가 자거라
네가 아들을 낳고
그 아들이 또 아들을 낳아
그 아들에서 생긴 아들이 물어보면
이 어미는
네가 잡아온
이 세상만큼 커다란 고기의 이름을
열 번이고 백 번이고 가르쳐주련다
어서 자거라
잘 자고서
또 이 큰 고기를 잡으러 가거라

새우처럼

환하게, 불을 켜고
몸을 구부려
가슴에서 무릎과 머리를 만나게 하면
알 수 있다
방이 얼마나 넓으며
세상에서 나는 얼마나 작은지를
작은 나를 알면
세상이 무서워지고
밥이 두 그릇씩 먹힌다
새우처럼
살만 통통해져서
그대로인 껍질로는 등을 펼 수가 없다

고마워요

모르겠어요
누가 하필이면 이 자리에다 저를 옮겨다 심었는지
하루에 아주 짧은 이 시간
저 무성한 나무들의 엽록소들도 얼굴을 붉히며
하지가 벌써 지나가 버렸다고 투덜거리는 이 시간에야
저는 겨우 얼굴 적실 만큼의 햇빛을 챙길 수 있는
이 자리에다요
그나마 솜씨 없는 그이는
너무 뭉턱뭉턱 제 잔뿌리를 잘라냈어요
얼마나 더 위태롭게 자라야
저 풍성한 나무들의 어깨 틈 사이로
두 팔 치켜들어 손끝이라도 내밀 수 있을는지
모르겠네요

가셔야지요 그래요
햇빛에 데워진 사금파리들을 부지런히 쪼아 먹고
새들도 푸르게 날개를 만들어 날아가고 있는데요
미안해요 또 언제나처럼
파리한 잎밖엔 보여주지 못했네요

어둠 저편으로 다 가셨죠?
다 알고 있는 걸요

긴 어둠 끝까지 다 가셨죠?

고마워요
끝내 시들하겠지만, 그래도
잘 자랄게요

대칭 또는 오만

꽃들은 언제나 오만하다
꽃들은 언제나 완벽하니까
꽃들은 언제나 거만하다
꽃들은 언제나 연약하니까
꽃들은 언제나 산만하다
꽃들은 언제나 화냥기로 피어나니까

내 사랑도 언제나 오만했고
언제나 거만했고 언제나 산만했다
내 사랑에게 나는 언제나 더러운 연못이었다
내 사랑은 언제나 내 안에서
더럽게 완벽하고 더럽게 연약하며
더럽게 화냥기 풍기는
대칭으로 피어났다
이 처절하게 무질서한 우주에서
애절하게 귀족적인
대칭으로 피어났다

내 사랑의 운명은, 그랬다
그랬다, 내 사랑의 운명이

위로

너의 스승, 너의 지진아
너의 애인, 너의 좀비
너의 하인, 너의 비루먹은 개
너의 물주, 너의 밑 빠진 독
너의 사다리, 너의 푹신한 자살바위
너의 앵무새, 너의 겁 많은 까마귀
너의 참나무, 너의 여우 시집 가는 비

내가 되고 싶은 것들
내가 될 수 없는 것들

왜냐 하면
내 생각에
네가 바라는 나는
멀리서 아무 인연 없이
남길 것도 없이 모자랄 것도 없이
그렇게 있어도 그만 없어도 그만인
그런 남자
상처만 주었음
한 번도 원하지 않았는데
상처만 받았음
너도 원하지 않았을 텐데
이 생에서는 이룰 수 없는

소원이었음
그나마 깨달음

너를 위로하고 싶었다
네게 위로받고 싶었다

물들다

또 당신을 샀다
싸구려 당신을 바가지 쓰는 줄
또 모르고
당신처럼 참한 물건을
헐값에 샀다고, 좋아라
사방팔방 천지지간에 대고 떠들었다

또 당신을 빨았다
헹궈도 헹궈도
당신의 색깔 흘러나오고
그 시커먼 물 버리느라고
허리가 휘었다

또 당신을 널었다
뒤집어 널지 않았다
제발 빨리 당신이
바래주길 바라면서
또 당신을 걷지 않았다

당신,
지금 어느 더러운 빨랫줄에서
휘날리고 있지?

또 당신에게서
물 든 다

한심한 청춘아

애인은 아직 슬픔을 몰라
애인의 핸드백은
슬픈 영화의 클라이맥스에도 열리고
육교 위의 모녀 앞에서도 열리지만
애인은 아직 진짜 슬픔이 무엇인지를 몰라

눈부신 봄날에
어린 은행나무 잎들이
얼마나 사람을 눈물 나게 하는지도
도대체 왜 사람이 눈물 나게 되는지도
애인은 꿈에서도 알지 못해
애인에게 보이는 나는
그저 답답한 청춘이고
세월 지나면 그저 무뎌질 청춘이겠지만

은행잎들이 모두 없어지고
가문 겨울날이 오래 계속되면
애인도 어쩌다 한 번쯤은
그런 날들을 닮은 눈빛을 하곤 하지
하지만 애인은 아직 몰라
슬픔이 얼마나 큰지를
알아버리면 세월이 거기서 멈춰버리는 것을

애인은
슬픔이니 눈물이니 청춘이니 세월이니
그런 말들을 유치하다고
아직도 그런 말들을 입에서 못 떼었다고
날 보곤 한심하다고 한숨만 쉬지
애인의 슬픔은 오직 하나
나뿐이라고

티눈

한 이불 속에서도
내가 당신에게 행할 수 있는
가장 파렴치한 도발은
잠든 당신의 발끝에 내 발끝을
가만히 대어보는 것
함께 길을 걸으면서
내가 감히 시도할 수 있는
노골적인 고백이
당신의 발에 내 발을 맞추려고
한없이 엇갈리는
엉망의 스텝을 밟는 것뿐

그때마다
당신이 내게 돌려주는 것은
이해할 수 없다는 표정
거절의 말보다
내게는 더 이해할 수 없는

이 사랑은
언제나 까치발로 추는 서툴고 서툰 춤
언제나 넘어지기 일보직전이므로
당신에게 기대려고 하지만
당신은 발끝으로 내 발끝을 밟아

나를 곧추세운다

그렇게 발끝에 티눈이 박혀도
나는 내 발끝을
당신의 반대편에 두지 못하고

하이드 파크 Hyde park

비 내리면
오래 잠복해 있던 통증들이 깨어난다
네 탓이었어
그렇게 도망만 다닌다고 다 잊을 것 같아?
너 혼자 참으로 편하겠구나
아우성
온 관절을 들쑤시며 일어선다

빗물에 섞여 흐른다
하이드 파크
흐르다보니 참 멀리도 흘러왔구나
덤불 하나 없이 우뚝 나무들만
온몸을 다 드러내고 서 있다
안개에 가깝게 비
내려주지만 소용없다
하이드 파크엔 숨을 수 없다
스펠링이 틀렸잖아
오자투성이 인생이었던 걸 잊었어?

슬픔이

슬픔이 항상 내게로 오고
내 몸은 값싸고 얇은 갱지
쉽게 얼룩지지만 어느 슬픔도
쉽게 드러나지 않아

참다못한 슬픔이 어느 날 내게 말하기를
이젠 나를 그만 불러
아주 많은 명사名詞들이 있잖아

어쩌다가 슬픔을
앞뒤 없이 보내버렸을까
그날부터 배고픔
아픔
헤픔
서글픔
고달픔
그렇게 슬픔의 친척들이
내게로 와서
값싸고 얇은 나를 부풀려

슬픔이 가끔 멀리서 말하기를
이제 그만 나를 잊어
달래줄 많은 명사들이 있잖아

내게 강 같은

내가 당신의 집에서 나왔을 때
비 내렸어
건널목에서 오래 기다렸어
아주 넓은 강물

파란 불 켜졌지만
건널 수 없었어
내 앞에 큰 강물
어느 배도 나를 건네줄 수 없어

내가 당신의 집으로 돌아갈 때
비 내리고 있었어
당신의 집, 어디론가 떠나가고 없었어

내 안에서 흐르고 있었어
내게 강 같은 미움

나무들의 산책

눈雪은 깊었고
숲은 조금 가라앉았습니다
나무들은 알고 있습니다
때가 되면
몸에 매달린 것들을 보내주어야 합니다
언젠가 눈은 매우 깊어질 것이고
무거운 나무들은 눈에 잠겨버릴 것입니다
매달린 것을 모두 내려놓은 나무들은
깊은 눈 위를 조용히 걸어갈 수 있습니다

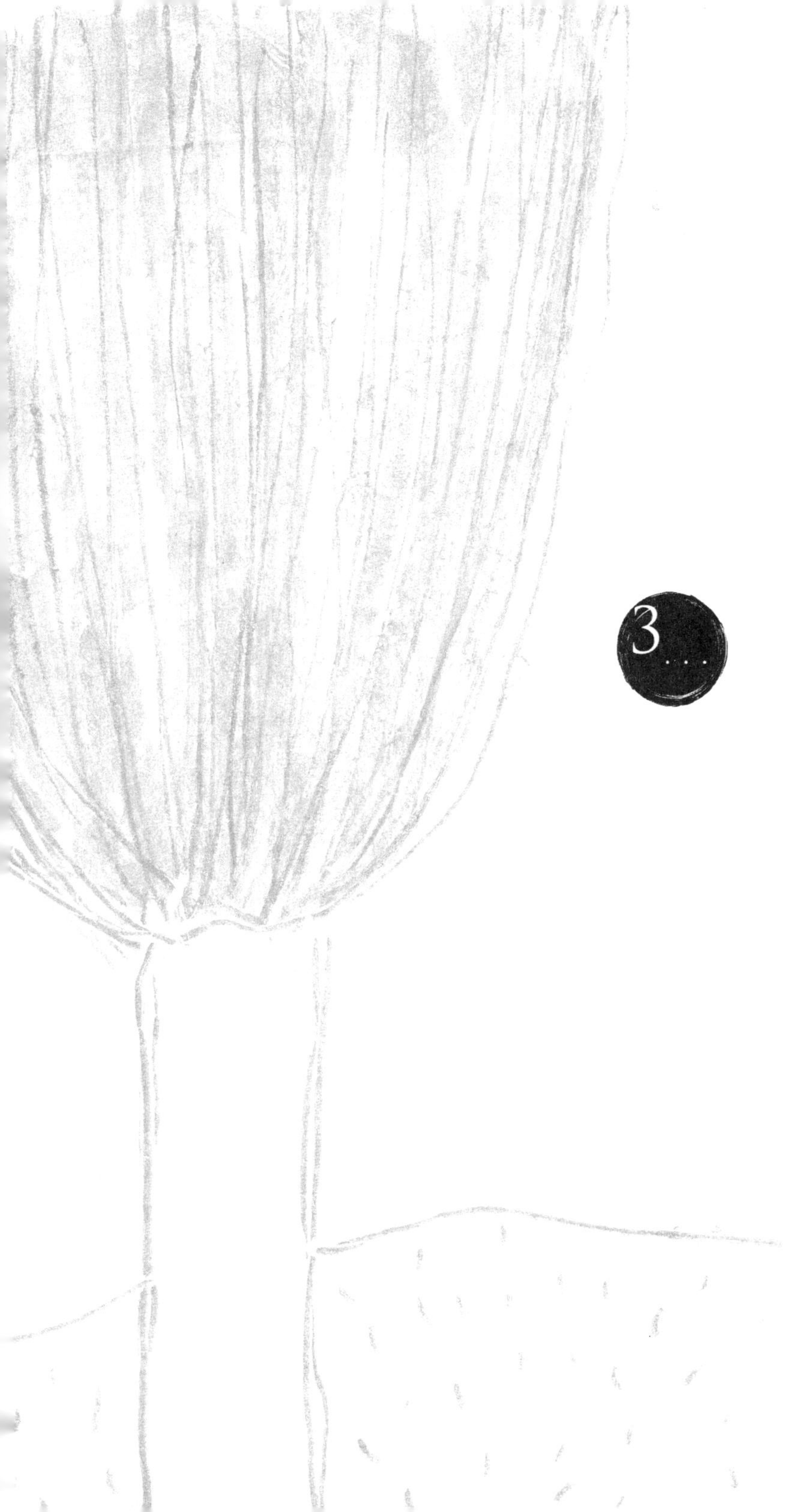
3

숲으로의 여행

나무들이 내 안으로 들어와 서성이다 돌아갔다
길 잃은 햇살과 강물과 빗줄기들이
잠시 수군거리다 떠나기도 했다
많은 이름의 버섯이 자라고 늙고
흙으로 돌아갔고
낙엽과 벌레들은 행복하게 결혼했다

어쩌다 혹은 크고 혹은 작은 배낭을 멘
여행자들이 내게 물었다
숲으로 가는 길은 어느 방향인가요?

저도 모른답니다
함께 찾아볼까요?

돌이 나무에게, 나무가 돌에게

비바람 몰아치고 천둥번개 몰아친다

돌이 나무에게 굴러가 말한다
나도 한때는 박힌 돌이었어
어느 굴러온 돌이 날 빼냈을까
나무가 돌에게 대꾸한다
나도 한때는 꽤나 굴러다녔어
언제나 다시 굴러다닐 수 있을까

비바람 몰아치고 천둥번개 몰아친다

돌이 나무에게 절하고 굴러간다
나무가 돌에게 절하고 쓰러진다

굴러가던 돌, 쓰러진 나무에 깔려 박힌다
쓰러진 나무에서 씨앗 한 무더기, 흩어져 굴러간다

너무 빨리 크는 나무

1.
─비가 내리고 있는 학교의 정문을 들어설 때
　나는 갑자기 눈물이 나올 뻔하였다
　이상하지 비가 오는 날에는 모든 사물들이
　검게 보인다

그때 나는 푸른 제복에 싸여 있었고
축축한 엽서에 답장으로 내가 달려갔을 때
그는 당구를 치고 있었다
그의 충격적인 킬링타임에 내가 놀라고 있을 때
그는 다섯 점을 한 큐에 쳐냈다
"나는 당구를 치기로 했다.
공들은 속이지 않는다.
정확히 우리의 의지대로,
아니면 잘못 계산된 회전대로.
나는 이제 믿는다는 것에 두려움을 느낀다."
비가 내리는 학교의 정문으로
소나무 숲으로, 노천극장으로
그와 나는 두 알의 공이 되어 굴러갔다
"물론 밥을 벌어야 할 것이다.
다른 것을 나는 아직 알 수 없다.
나는 이제 두려움을 믿는다."
차 한 잔씩을 나눈 뒤

한 알씩의 검은 공이 되어 헤어졌다
모든 사물의 경계선에 부딪히며

누구인가
우리에게 우리 의지 밖의 회전을 먹이는 손

2.
　―조금 전 점심을 위해 이 골목 저 골목을 다니며 보았
던 모든 사람들은 비스듬히 서 있는 듯했다. 마치 희미한
파스텔화의 인물들이 꿈꾸듯 비스듬히 서서 정지해 버린
듯했다

그때 나는 색 바랜 제복에서 겨우 빠져 나왔고
오후 두시 어두운 지하다방에서 그를 기다렸다
눈처럼 흰 와이셔츠의 소매를 걷어 올린 채
그가 지하다방에 들어섰을 때
유선방송에선 김연자가 나오고 있었다
"살기야 잘 살고 있다.
왼쪽을 보면 십 년 후의 내가 앉아 있고,
오른쪽에선 이십 년 후의 내가 날 지켜보고 있다.
이런 게 아니었다는 건 잘 알고 있다.
그런데 그러면 뭔지는 알 수가 없다."
비스듬히 이 골목 저 골목에서 길을 잃어보기도 했다

한 구석씩을 차지하고 술잔을 기울이다가
돈을 내고 노래를 부르는 사내들을 비웃기도 했다
"가끔은 아주 편안할 때도 있다.
우리가 진정으로 자유로웠던 적이 있었을까?
나는 이제 희망을 믿지 않는다."
스트라이프 줄무늬 넥타이를 풀고
잠시 엉켰던 우리의 줄을 나눠 풀고
마지막 지하철로 그가 사라졌다

누구인가
우리의 반대편에서 우리의 목줄을 움켜쥔 손

3.
나 또한 그와 같이
속절없이 두려워졌고
대책 없이 기울어졌다
그때 그의 경고를 기억했지만
그래도 내가 할 수 있는 일은 많지 않았다

불행은 어느 틈에 뿌리 내리는가
우리는 그런 나무를
우리 가지에 접목시킨 기억이 없는데

누구인가
우리들 불행의 나무에 물 뿌리는 손
끝없이 우리가 본래는 기쁨의 나무라고
가지를 쳐주는 손

물방울 십자가

1.

까마득한 전설 하나 있었다
징결한 어머니가 낳은 아들이
땅에 심어지는 날이 올 것이며
그로부터 사흘 후 비가 내리면
그때, 모든 씨앗들이 다시 살아나리라

2.

처마 밑 그 자리
겨우내 이름도 없이 씨 하나 숨어 있던
그 자리에
봄비 밤새도록 똑 똑 똑 떨어졌습니다

3.

그 나라에 비 내리지 않았다
말씀만 땅에 떨어져
온 나라에 먼지, 기침, 눈먼 사람 가득 채워졌다
마르지 않으리라 약속받았던 호수
소금기둥으로 갇혔다
물고기들 둥둥 떠올랐다

4.

어느 가난한 어머니, 그해 가을, 너무 늦은 나이에

너무 많은 자식을 낳았습니다
그 자식들 목부터 축여주어야 했기 때문에
하늘로 물 돌려보낼 수 없었습니다
갈라진 한숨만 땅에서 하늘 사이
오르고 내렸습니다
그해 겨울, 북풍은 한숨도 쉬지 않고 불었지만
싸락눈 한 자락 내리지 못했습니다

5.
그 어머니, 자식은 많았어도
하나씩 가슴에 묻었다
풀풀 말라터진 흙에 묻힌 자식들
하나도 썩지 않았다
첫 배에 나와 첫 삽에 묻힐 것 같았던
맏아들 무녀리 한 놈만
겨울 스러질 때가 다가와도 쓰러지지 않았다

6.
처마 밑 그 자리
단단한 그 자리에 떨어진 봄비
아래로 깊이, 땅거죽 위로 넓게
스미고 흘렀습니다
그 어머니 남은 마지막 자식,

어머니 가슴도 아니고 하늘에 묻혔을 때,
그 이름 없던 씨,
힘겹게 뿌리 내리고
수줍게 떡잎 올렸습니다

물에 대한 추억

—형도에게

수증기처럼 가벼워졌으면 좋겠어요

제게 저는 언제나 너무 무거워요

제가 무엇을 만지든 그 속의 물은

제게로 밀려 들어와요

갇힌 물은 낮은 곳으로 모이지요

조금만 걸어도, 서 있기만 해도

다리가 무거워요

혹시, 제 안의 물을 조금

나눠가져 주실 생각은 없으신가요

비 내리면 기억들이 함께 내린다

비에 약한 마을

작은 빗소리에도 커다란 그릇들은 잠을 깨고

어린 아이와 늙은 개도 쉽게 올라가도록

지붕이 낮은 집

둑이 무너질지 모른다고 난리였어요

그릇들은 벌써 부엌 바닥으로 가라앉아 버렸지요

촛불을 켜고 저는 사회책에 북북 줄을 그었어요

첫 시험을 망치면 모든 게 망가진다고 믿었지요

다리가 떠내려가 학교에 갈 수 없었어요

저는 비를 좋아하지 않는답니다

비가 개인 휴일이면
젖은 책들은 마당에 널리고
축축한 글씨들은 빈 공책으로 옮겨져
새로운, 그러나 곧 다시 젖게 될
책들이 만들어진다
마른 기침, 푸른 먼지, 검은 나뭇잎

높은 언덕 위에 천장이 높은 집을 갖게 되는
꿈이 있지요
바닥에는 건초를 수북이 깔고
문과 창을 뺀 사방의 벽들을 책으로 채우는
그런 날이 언젠가 와서
제가 당신을 초대하면
하룻밤쯤
제 건초더미와 책들을 칭찬해 주실 수 있을까요

진눈깨비
죽은 자에게는 모든 사람이 가장 가까운 친구
아무도 떨어지지 않는 세상, 낮은 세상에서의
실족을 의심하며
그를 밀어낸 어두운 희망의 정체는 무엇이었는지
소용없는 의문부호들로 딱딱한 땅을 파헤쳐
차고 붉은 흙에 그를 심는다 기억에 속하여

이제는 우리에 속하지 않는 친구
가는 비처럼 사흘 만에 잠이 내린다

제가 무엇을 만지든
물들은 제게로 달려와요
제 손은 누구도 만질 수 없어요

지나치는 학교의 늦은 저녁 풍경 속에서
아이들의 돌잔치 상 구석자리에서
그를 만난다
기억들은 모두 낮은 곳으로 흐른다
그처럼 저 가벼운 공기 속으로
날아가지 못한다
온몸의 물이 물구나무를 선다
우리가 그를 말려주지 못했다

마심이 언니

엄만 사진을 보면서 막 울었어

마심이 언니가 우리 손 잡고 찍은 사진 말야

언니 크다란 눈에 눈물이 떨어졌어

생각나니? 아버지가 막 화냈던 거

우리 집에 조용히 있다가 시집이나 갈 것이지

공장이네 뭐네 돌아다니다가 다방 레지 됐다구

아버지 몰래 거기 가봤거들랑

큰이모 심부름으루다

그때 언니가 그랬어

이제부턴 경희 누나라고 불러 알았지?

난 경희가 하늘땅만큼 이쁜 이름이라구 생각했는데

사람들이 언니한테

어이 미쓰김 김양아 하구 막 불렀어

아무도 경희라고 부르는 사람이 없는 거야

괜히 코코아가 맛도 없더라

언니 시집가던 날 생각나지?

그래 되게 추운 날였어

우리 집 안방에서 딴따단도 안하구

빵집 매형한테 시집갔잖아

분홍색 한복이 되게 이뻤지?

정말 얼마나 신이 났었니

앙꼬빵 빠다빵 도나쓰 그래 곰보빵두

어제 밤에 니들 잘 때 엄마가 집에 왔어

이화대학병원에서
난 오줌이 마려워서 일어나 있었거든
엄마가 날 붙잡구 울면서 뭐라고 했는지 아니?
고생만 죽자게 하더니 살 만하니까
불쌍한 년 마심아
면사포 쓰고 식 올리면
이모부더러 손잡아 달랠 거라더니
이년아 에라 이 몹쓸 년아 마심아
하면서 막 울었어
난 막 눈만 부비고 있었지 뭐
남자가 어떻게 우니 바보야
으응 아버지가 그러는데
아주 망가진 몸에다가 애기까지 들어서서 그랬대
내가 아니? 그럼 왜 죽게 되는질
그런데 아버지두 언닐 진짜로 미워하진 않았나봐
아부지두 자꾸 눈을 부비고 있었다니까
우린 이제 매형두 없어진 거야
매형이 형분데 형부도 없어진 거지 바보야
빵은 사 먹으면 되잖아 그게 울 일이니 이건 그저
몰라 니 말대루 애길 낳았으면 경희라구 했을지두
딸을 낳았으면 말야

우리 이모, 부잣집에 태어나러 가네

우리 이모 열한살 때 부잣집 아이보개 가서
집으로 도망 오면, 외삼촌이 도로 데려다주면
외삼촌 따라 달려오다 외삼촌한테 얻어맞고
어느 날, 육십 년 지난 어느 날,
우리 엄마에게 울며 얘기했단다
"행니炯二야, 나 코 아프다,
우리 오빠가 그때 나 때린 자리 아프다"

우리 이모
처자식 있는 남자에게 속아 시집가
마심이 언니 낳고 서울로 올라와
바지락 까서 마심이 언니 시집보내고
콩나물 팔아서 마심이 언니 신랑 사철 새 옷 해 입히고
마심이 언니 벽제에서 태운 날부터
두부 팔아서
매일매일 술 마셨다

우리 이모, 이제 가네
그 흔한 화환 하나 없이
밤새우는 문상객 하나 없이 가네
국화꽃 한 바구니
노잣돈 만 원
천 원짜리 세 장 접어 숟가락 만들어 밥 세 숟갈

육천 원짜리 분골함 하나 받고 가네

우리 이모 부잣집에 태어나라고 데려다주러 갔던 길,
그 큰 영구차에 꼭 네 사람 앉아 있었네

경험 많은 기사

아주 많은 버스가 있었어
이제 그 버스들의 번호를 잊을 거야
버스들이 나를 내려주었던
그 풍경들도 잊을 거야
내가 한 번도 온전히 섞이지 못했던 풍경들

나, 이제 기사가 되려 해
내게는 이미 충분한 버스가 있었으니
더 늦기 전에 내 버스를 몰려 해
얼마나 많은 아이들이 내 버스를 타고
내가 끝내 모를 세상으로 가든 말든
상관하지 않을 거야 다만
아이들이 동전을 넣지 않아도 눈감아 주려 해
끝내 불친절한 풍경에 놀라
엉엉 울며 돌아나오는 아이들이
집으로 돌아갈 수 있도록

여행가 旅行家

나는 세상을 떠도는 집
수많은 사람들이 내게 와서
진귀한 요리와 가벼운 이불을 찬탄했지만

내게는 한 번도 집이 없었다네
나는 원치 않았지만
사람들은 내 이름 뒤의 괄호 안에
써 넣는다네—여행가旅行家
하여 하는 수 없이 이 집을 지고 다닌다네

광장들

지루하지 않으시다면 조금 더 전해드릴게요
제가 잠시 쉬었던
그 광장들의 모습을요
늙은 매춘부들이 가로등에 못 박혀 있고
빈 술병 버리지 못하고 엉엉 울던 부랑자들 옆에서
작은 개들이 덜덜 떨던 모습을요
제가 흘러간 모든 도시에
그런 작은 광장들이 있었어요

이제 그만 할게요
빳빳했던 지도들이 다 너덜너덜해졌거든요
기억들도 거덜 나 버렸거든요

그 작은 광장에 언제나
크고 아름다운 교회가 있었다는 거,
제가 말씀드렸었던가요?

가시

가시를 천천히 잘 발라먹어
컥컥 눈물 뽑아내는 모습 보고 싶지 않아
찬밥 한 덩이로 내려가지 않으면
평생 목에 가시 박힌 채로 살아야 하잖아

세월이 허기로 늙어지면
사람이 사람을, 사랑이 사랑을
잡아먹을까
당신, 무슨 허천들린 생을 그리도 오래 살아
그렇게 고슴도치가 되었을까

피어라 개망초

망초꽃 피었다
눈 감을 수 없다며 아우성치는 무덤들
모든 방향으로 널린 들판에
망초꽃도 함께 널렸다
잊을 무슨 일이 그리 많은지
고집스러웠던 인생
저 세상에선 그만 잊으려는지
망초꽃만 죽어라 피었다
정작 까맣게 죄다 잊고 사는 산 사람들이
맨한 꽃잎만 뚝뚝 뜯어다 물에 뿌려서
망초꽃 강이 흐른다

거울

거울아, 거울아,
세상에서 제일 못난 사내가 누구지?
거울도 오래 살면 미안함을 배우는지
대답하지 않는다

돌아왔는데,
참 못난 내 역사, 죄다 털어버리느라
참 먼 길을 돌아왔는데,
세상에서 제일 못난 사내랍시고
여전히 거울이 내 얼굴 보여준다

분노를 모으면
내 손에서 만들어지는 파란 독사과
거울에 던지면
깨지는 거울
조각 조각마다 못난 사내들이
퍼렇게 멍든다

거울아, 거울아,
세상에서 제일 불쌍한 거울은 누구지?

진공

지금 거신 번호는 없는 번호입니다.
다시 확인하시고 걸어주십시오.

당신 떠난 자리에 낯선 여자의 목소리만 남았다
낯선 여자는 내 기억이 틀린 것이라고
당신의 번호를 내가 잘못 알고 있는 것이라고
부드럽게, 단호하게 선언한다

The number you have dialed is not in service.
Please, check the number and dial again.

당신에겐 이제 번호가 없다
번호가 없는 당신을 누구도 도와주지 않는다
당신이 이곳에 머물러 있었다고 확인해 줄 증인도
없다
낯선 여자는 음악적으로, 사무적으로 명령한다
다시 번호를 누르라고

지금 거신 번호는 없는 번호입니다.
다시 확인하시고 걸어주십시오.
The number you have dialed is not in service.
Please, check the number and dial again.

낯선 여자의 목소리도 떠난 자리는
소리도 없는 진공이다

그의 살색은 연한 밀크초콜릿 색이었다

어느 일요일 구로역 플랫폼에서
그는 상록수로 가던 내게 고잔으로 가는 길을 물었다.

구로에서 금정을 거쳐 상록수까지 가는 동안
그는 몇 가지를 말했고, 몇 가지를 말하지 않았다.
싱가포르 출신의 음악치료사가
왜 김포에 살고 있는지,
고잔역에 내려 어디로 가는지,
그가 말하지 않은 것들을
내가 궁금해 할 필요는 없었다.
나는 그저
내 살색이 보호색이 될 수 없었던 나라들에서
내게 잠시 친절했던 현지인들의 얼굴을 기억했다.

어느 일요일 오후 그에게서 커피를 얻어마셨고
어느 토요일 저녁 그에게 저녁을 대접했다.
그는 바흐와 모차르트에 대해 말하고 싶지 않아했다.
그의 영어에는 내가 아는 싱글리시 악센트가 없었다.
그의 살색은 연한 밀크초콜릿 색이었다.
진실을 캐묻는 건 때로 불친절한 일이다.
나는 잠시 친절했던 현지인으로 남기로 했다.

오랜 친구가 아니라면 실례가 될

이른 시간에 전화가 왔다.
단속이 끝날 때까지 파키스탄 친구 몇 명을
잠시 내 집에 머물게 해줄 수 있겠느냐고
그가 물었을 때
나는 잠시 고민했고, 정중하게 거절했다.
그가 진실을 말해주었다면
모든 것이 달라졌을 것이라고
나는 신호 끊어진 수화기에 대고 중얼거렸다.

어쩌다 상록수로 가는 날
연한 밀크초콜릿 색 살색의 수많은 그를 다시 만난다.
그는 내게 고잔으로 가는 길을 묻지 않는다.
나는 상록수에 내린다.

나는 잠시 친절했고, 영원히 불친절해진
살구색 살색의 현지인이었다.
확인된 진실은 그것뿐이다.

물이 되어 흐른 사내

전동차가 서울역 지하를 빠져나왔을 때
언제나처럼 실내등의 절반이 꺼졌을 때
한 사내가 울기 시작했다
소리 내지 않고

승객들은 한 발씩 물러섰다

얼굴을 두 손에 묻고 울고 있었다

서둘러 옆칸으로 옮겨가는 승객도 있었다

전동차가 한강을 건널 때
울던 사내 출입문으로 흘러갔다
소리 내지 않고

먼 송내(松內) 1991
― 지하철은 미안하다고 말하지 않는 것

1. 즐거운 아침

하나씩 야무진 꿈을 버린다
처음 SONY 이어폰이 끊어졌을 때 말러의 〈대지(大地)의
노래〉를
두 번째 AIWA가 끌려나갔을 때 〈민병철 생활영어〉를
취소했다
리어카에서 건져 올린 SOYA 이어폰과 〈마돈나 베스
트〉가
비탄의 늪지에서 나를 건져 올렸다
Like a Prayer, 기도처럼
마돈나와 함께, 땀 흘리며, 그 체취에 숨 못 쉬며
창 밖이 보이지 않으니 지상과 지하가 다름없어
대지는 당연히 어디에도 없고
범퍼 투 범퍼는 접촉사고가 아니라 교통지옥이라지만
나와는 상관없는 일이니
마돈나와 손잡고 거기로, 천국으로,
"꼭 기도처럼, 당신을 데려갈래요, 꿈을 꾸는 것만 같
아요"
그런데 선생님, 어쩌다가 선생님과 저는
이렇게 남자끼리 민망하게도

당 열차 선행열차 개통 관계로 정차하고 있습니다

열차가 지연되어 대단히 죄송합니다
열차가 정차할 때마다, 열차가 죄송할 때마다
모두가 모두를 밟는다
밟고 밟히면서 밟히고 밟으면서
어느 한 여자가 꼭 비명을 지를 때
어느 한 남자는 꼭 농담을 던지고
그 즐거운 비명과 농담으로 모두들 살아남는다
또 하루

2. 잘 자요 내 사랑

영등포를 지나면 신문을 접어야 한다
신도림을 위하여
그래도 몇몇 시민은 악착같이 신문을 읽는다

성난 시민들은 매표창구에 도시락 가방을 던졌고
주동자급은 만원 권을 보상받았고 나머지는 구간표를
환불받았다
성난 여인들은 치한 하나를 질식사시켜 버렸고
성난 사내들은 결국 자전거와 사륜마차를 사버렸다

영원히 실리지 않을 특종기사들을 선반에 던져 올리며
그래도 다시 한 번,

이번엔 바하에서 다시 시작해 보자고
시청역 지하상가에서 고른 크롬 테잎 〈프랑스 조곡〉을
제3조곡의 사라방드에서,
영등포와 신도림의 사이에서, 버린다

날이 갈수록 체념은 빨라진다
신도림에서 부천은 멀어진다
있는 볼륨을 다 올려 마돈나와 함께
Like a Virgin, 처녀처럼
"정말 첫 번째 손길이에요, 난 죽을 때까지 당신 꺼에
요"
손잡이가 도망간다
저 낯선 남자들과 여자들에게 내 온몸을 내던진다
그래요! 사랑은 미안하다고 말하지 않는 거래요!
끝내 한 아가씨가 울음을 터뜨린다

구로에서 한 번 더, 마지막으로 사랑을 태우고
개봉에서 사랑의 삼분의 일쯤을 떠나보내고
오류에서 온수에서 역곡에서
뒤돌아보지 않고 사랑이 떠난다
부천이 오면
사랑의 썰물, 밀려가 돌아오지 않는다

부천이 지나간 자리에 빈 손잡이들 흔들리고
사랑의 추억처럼 붙잡힌 손잡이들에서
세이코 돌체와 2부 다이아 혹은 큐빅,
슬픈 러브스토리들이 깜박깜박 흔들리며 잠이 든다

3. 먼 송내

송내를 아십니까
부천을 지나고 중동을 지나서
역사 구름다리 바로 밑으로 딸랑딸랑 건널목을 지나서
가까운 네온사인은 빨간 십자가뿐
여관 불빛조차 보이지 않는 곳
멀리 보면 인천까지 이어지는 아파트와 연립의 불빛에
또 별빛이 가리어지기는 해도,
또 언제부턴가 중동 신도시 타워 크레인 불빛에
25층 아파트 골조의 발 빠른 진격이 보이는 날도 있지
만,
그래도 아직은
아들 손자 며느리 개구리 다 모여서
밤새도록 하여도 듣는 이 없는 노래 부르는 곳,
철책 너머로 정말로 캄캄한 어둠이 있는
그 요술 같은 플랫폼을 아십니까

아무도, 아내조차 모르게
일주일에 한 번쯤, 혹은 두 달 만에 한 번
그 플랫폼으로 숨어드는 수상한 사내가 있습니다

종이 커피잔과 나란히 푸른 플라스틱 의자에 앉아
텅 빈 상행열차들을 떠나보내고
다시 한 번 철책 너머 빈 들판을 바라보다가
구로행, 그 날의 막차가 오면
길게 남은 담배를 식은 커피에 담그고 일어나
길게 누운 취객 옆에 얌전히 앉았다가
눈 뜨고 지나쳤던 부천에서 내려
오십 원 남은 정액권을 소중히 지갑에 넣고
SONY 워크맨을 가방에 넣고
총총총 마지막 마을버스로 달려가는 그 사내가
아직도 미안해하지 않으려는,
단추 다 뜯겨나간 그것은 무엇인지 아십니까

4

떠나는 어린 나무

아이들은 살해당한다
다른 집 아이들의 원활한 성장과 번영을 위해
뿌리 뽑힌다
물 대신 불로 세례받는다
아이들을 살리려고
어머니는 아이들을 배에 태운다
어느 강기슭에 닿거든 거기서 뿌리 내리고 살라고

어머니는 우리를 욕조에 담갔다
배고파도 울지 말고 목말라도 울지 말라고
어떻게든 살아남아서 어미의 소망을 이뤄달라고
빌고 빌며 한 줌씩 흙을 얹었다
우리 가늘고 가는 뿌리 위로

그리고 어머니는 우리를 흘려보냈다

우리는 아주 오래 흘러갔다
우리는 끝까지 살았다

내 일생의 동화

이제 감히 일생이라 말할 수 있다
내겐 그럴 만한 자격이 있다

내가 사랑한 모든 것이
정해진 줄거리로 나를 떠났다
떠나간 것들은 길 위에다
낮에는 빵가루를 뿌리고
밤이면 조약돌을 남겼다
까마귀들은 빵가루를 먹어치웠고
월식은 조약돌을 숨겼다
나는 길 위에서 성급하게 늙어버렸다

떠나간 것들의 잘못은 아니었다
내 일생에서 까마귀와 월식은
내가 책임져야 할 몫이었으므로
그리 어렵지 않게 나는
좋은 작가의 길을 배웠다
그러나

단 한 번, 단 한 명의
마법사도 내 일생에는 없었음까지
내 몫의 책임이라는 교훈으로
나에 대한 동화를 끝내지는 말라

내 일생의 동화책에서
나를 떠나간 것들은
내 마법의 도움으로
모두 영원히 행복하게 살고 있지 않은가

당신, 작가의 책임이었다
나를 이렇게 써낸 것은

그리운 나라에서는

어머니들은 밥공장에
누이들은 옷공장에
아버지들은 철공장에
우리는 밥을 먹고 나면 옷을 걸치고 나가
아버지들의 가슴에 못질을 하며 살았다
그 끔찍한 기다림이 모두
우리의 몫이어야 한다는 것은 너무 억울하다고
아버지가 책임져야 할 몫은 나눠가져 달라고
쾅쾅 못질을 하며 살았다

세상은 바뀌는 법이다
참고 기다리는 법을 배워라
아버지의 가슴에 못 박을 때마다
아버지의 신음은 토씨 하나 틀림없이 한결같았다

착실하게 자란 누이들을 아내로 맞고
아내들은 밥공장에
딸들은 옷공장에
그러다가
아들들이 우리의 가슴에 못을 박기 시작하면
그 기다림의 진저리나는 한결같음에
무엇 하나 바꾸어놓지 못한
그 기다림의 힘없음에

부끄럽고 참담하여 허리 구부리고
철공상으로 간다
밤마다 가슴에서 뽑아낸 못을
모루에 올려놓고 두드린다

어쩌면 그리운 그 나라는 이리도 오지 않느냐

지팡이 아버지

아버지, 세 분 작은아버지 모시고
됫병 소주 들고
큰할아버지, 할아버지, 두 분 작은할아버지
무덤들 인사 다닐 때
어쩌면 무덤마다
돗나물, 취나물, 머위, 고사리, 삘기, 익모초,
지천으로 널렸을까
지팡이 짚으신 아버지
산길 올라오지 못하고 큰길에 주저앉아
멀리 당신 아버지들 무덤 바라보시네
동생들과 아들은 나물 뜯느라 정신없어
아버지, 혼자 앉아 계시네

네 분 할아버지 무덤에 돋은
어린 참나무, 늙은 쑥
다 솎아내고 큰길로 내려갔을 때
아버지, 지팡이 짚고 일어서시며
중얼거리시네

아버님들 비석을 뭐한다고
세워드렸는지 모르겠다
나 죽으면 누가 찾아온다고

고개넘이 아리랑

어머니 조금만 참으세요
해 떨어시기 전에 저 고개야 못 넘겠어요
애야 어미의 죄가 무겁구나
아니에요 어머니 어머니는 지은 죄가 없으셔요

아직도 멀었느냐 애야 사방이 어두워지는구나
걱정하지 마셔요 어머니 오늘은 열나흗날 달이 뜬답니
다
옛날 이 고갯길에서 도적떼가 지나는 사람을 모두 칼
로 베었단다
어머니 우리는 가진 것이 없는 걸요
어찌나 무서웠으면 죽은 몸도 거두러 오질 못했단다
그것은 모두 옛날 이야기에요
애야 너는 저기 저 귀신들이 보이지 않느냐
저기 너희 아버지께서 울고 있구나

어머니 열나흗날 달빛이 길을 베었어요
뛰어오르면 손닿을 벼랑을
어머니의 퉁퉁 부은 몸을 어떻게 할까요
아가 이젠 어미를 버리고 가렴
어미는 평생을 죄만 지었구나
아니에요 어머니 이 사랑은 배냇죄랍니다
아가 귀신들이 고개를 넘는구나 불쌍한 내 새끼야

어머니 제 목을 꼭 잡으셔요
제 숨이 끊어져도 이 고개를 다 넘기 전에는
제 목을 놓지 마셔요

아가 이젠 어미를 내려놓고 쉬려무나
아니에요 어머니
해 떨어지기 전에 넘을 고개가 저기 또 있는 걸요

밥과 꿈

아가, 밥을 먹고 자거라
끼니를 거르면 인 된다

예쁜 은접시에 금수저가 놓였는데
어머니, 상보를 덮으시네
그냥 자도 배부르게 잘 텐데
어머니, 꼭 나를 깨우시네
어쩌면 꼭 그 때를
어쩌면 그렇게 족집게로 아시는지 모르겠네

아가, 속이 비면 허해서 못쓴다
한 술이라도 뜨고서 자거라

밤마다 내 이불은 밥풀투성이
끈끈해서 편히 잘 수가 없네
이불을 다독이시며 어머니, 노래하시네

아가, 그것은
어미가 꾸어야 할 꿈을
네가 꾸어주기 때문이란다

1호선 아버지

아버지
인천발 의정부행 전철 속에
망가진 똑딱단추
하필 맨 가운데서 하품하는
군청색 잠바에
헬 수 없는 다림질로 반짝여도
불룩한 무릎은 밀어 넣을 길 없는
밤색 기지바지에
어깨 위에 덕지덕지
오십 년 내내 모자란
허연 새벽잠 쌓이고
언제부턴가 날 흐리지 않아도
뼈 마디마디 덜걱거리고
못다 꾼 새벽꿈 끝머리라도 마저 꾸시는지
흔들리는 열차 따라
이마 위에 까맣게 주름도 출렁이지만

그래도 아직은
늦게 얻은 막내아들 졸업까지는
경로석은 멀리 있는
아버지
동인천서 동대문까지
끄덕끄덕 졸며 가는

아들의 머리, 5월

아버지께선 내 머리를 자르셨다
어머니와 할머니께선 마루에서 숨죽여 우셨다
아버지께선 내 귀밑머리를 남김없이 잘라내셨다
밖으로 한 발짝이라도 나가면 넌 내 아들이 아니다
어머니와 할머니께선 마루에서 소리 내어 우셨다
머리 긴 젊은 것들은 다 잡아다 죽였다는구나
아버지, 제 친구를 찾으러 가야 해요
그애가 죽었으면 머리카락이라도 찾아와야 해요
아버지께서 가위를 놓고 나가신 뒤
어머니께서 비를 들고 들어오셨을 때
나는 가위를 들어 내 앞머리를 잘랐다
아버지, 언젠가 이런 봄날이 또 다시 온다면
그때 저도 제 아들의 머리를 잘라주게 될까요

가랑비, 이슬비

―어머니가 가르쳐주신 노래

봄가뭄 길다가
반가운 봄비 오던 날
창밖 내다보시며 어머니
옛날 이야기

옛날 보릿고개 시절에 봄비 오면
안주인은
"가라고 가랑비 오시네"
밥 축내던 손님은
"있으라고 이슬비 오시네"

보릿고개 넘을 일 없는데
애인도 나도 만나면 배가 고파
애인은 가라고 가랑비 온다고
나는 있으라고 이슬비 온다고
말도 못하고
봄비 속에
떠나지도 못하고
있지도 못하고

호박 아리랑
—어머니가 가르쳐주신 노래

오늘 갈지 내일 갈지 모르는 세상
내가 싱긴 호박넝쿨 담장을 넘네
아리아리랑 쓰리쓰리랑 아라리가 나아앗네에에
아리랑 응응응 아라리가 났네

어머니 올봄에도
고추, 토마토, 부추, 케일, 열무, 쪽파만 심으셨다
노량진 수산시장 새벽에 가서 얻어온
스치로폴 상자에 흙 채워 호박 아리랑 부르시며
호박 심어도 좋을 큰 스치로폴 상자 언제나 구하실까

스티로폼이라고 교정보지 말아라
호박 한 번 심어보지 못한 주제에
담장 한 번 못 넘어가 본 주제에

한 번도 오늘 갈지 내일 갈지 모르는 세상
살아보지 못한 주제에
한 번도 제대로 그 아리랑 불러보지 못한 주제에

사물의 꿈

심야할증요금에 값하게
시속 120 이상으로 나를 실어다준
소나타의 꿈
허허 겁내지 마십쇼
이래 봬도 무사고 십 년입니다
낮에는 뚫린 길이 없어 못 벌고
밤에는 손님이 없어 못 벌긴 해도
그래도 내년엔 내 차로 굴립니다
새벽 네시까지 구르는
하얀 바탕 파란 줄무늬 소나타의 꿈

잠든 아버지 어머니
호마이카 장롱 옆에 나란히 누운
자개장의 꿈
큰애 졸업도 시켰고
애들 여읠 때까진 목돈 들 일도 없으니
우리도 농 하나 들입시다
애들 옷을 담을 데가 없어요
까맣게 눌은 비닐장판 아랫목에 영롱한
진짜 옻칠 열 자짜리 자개장의 꿈

찬 수돗물 같은 새벽
불 켜진 문간방에서 새어나오는

빌라의 꿈
다음 달 내 오백짜리 계에다
당신 적금 해약하고
은행 융자 회사 융자면 충분해요
광화문까지 겨우 삼십 분이라는
경기도 원당 전원 맨션 빌라의 꿈

아름다워라
가슴 저리게 투명한
사물들의 꿈이여

봄비

어머니, 오늘 같은 날은
아무도 밖에 못 나가게 하세요
막내가 학교에서 돌아오면 깜장우산을 감추시고
누이들은 처마 밑에 서 있지 못하게 하세요
아버지를 지붕에서 걷어 들이시고
장독 뚜껑들만 다 덮으시거든
바둑이는 그냥 내버려두시고
어서 안방으로 들어가세요

봄비가 오네요 어머니, 이 비에
머릿수건을 적시지 마셔요
장마가 올 때까지만이라도요

안개마을 사람들

그의 어머니의 작은 소망 하나는
아들이 하루저녁이라도 일찍 들어와
편히 잠자고 기운 차려
출근길에는 씩씩하게 휘파람이라도 불며
세상으로 나서주는 것이지만
오늘도 역시 그의 귀가는
어머니의 꿈을 깨우는 시각쯤이 될 것이다
어떤 날은 좌석버스 유리창에 기대어 졸다가
시계市界를 넘어 종점까지 가버리는 날도 있다

마을로 통하는 다리는 언제나 안개에 잠겨 있다
아침이면 몇 걸음을 옮기지도 않아
그의 등 뒤에서
다리는 안개 밑으로 가라앉아 버리고
돌아오는 길이면 사라진 다리를 찾기 위해
그의 구두는 신경을 곤두세워야 한다

그의 고향 마을이지만
안개는 그를
언제나 낯선 방문객으로 만든다
물은 소리조차 검고 미끄러우며
검고 미끄러운 물을 근거지로 하여
그와 함께 마을을 떠나고 돌아오는 안개는

한없이 가볍고 두텁다

아무도
그가 조금씩 지워져가고 있다는 사실을 모른다

모든 어머니들이 그러하시듯
그의 어머니께서도 즐거운 세상 이야기를
아들에게서 얻어듣는 저녁을
소박하게 바라시지만, 오늘도
이미 밖에서 읽었던 신문을 뒤적이며
어머니의 질문들을 수저 소리로 떠넘기고
그는 밥상과 함께 어머니를 내보낸다

낡은 기타의 줄을 맞춰보다가
먼지 앉은 책갈피를 넘겨보다가
오늘은 까닭도 없이 위안받고 싶었다고
기억해 내며
줄곧 깜박이고 있던 형광등의 스위치를 내린다

그의 어머니께서 아들의 결혼을 궁리하시는 시각에
그는 자신이 병들어 쓰러지는 악몽을 꾸곤 한다

마을의 집들은 안개 속을 떠다닌다

어머니, 삼층에서

마로니에 배드민턴 친목계원 모두 모여
딸도 하나 없이 바둑이만 하나 기른다고
바둑이 엄마네 미니 삼층 꼭대기 집에서
한 상 휘어져라
보리밥에 열무김치 맛나게 드시고
어서 꺼져라
여기사 콧노래로 신바람
안방 메들리로 춤바람
이십 년째 관절염도 나는 몰라라
한바탕 뛰셨단다

새끼들 밥 해야제
신바람, 춤바람
선풍기 바람으로 끄고 나오시다
어머니, 구르셨단다, 삼층에서
엄매요, 나가 죽네, 나가 이자 죽네
그란디 새끼들을 으째사 쓰까요
큰놈 큰년 작은년 막내년 막둥이놈
오매, 얼매나 울어싸까
쌔빳게 고생만 하더니 살 만해징께
환갑상 한 번 못 받고 가부렀다고
얼매나 얼매나 울어쌀 틴디

얼마나 구르셨는지도 모르고
눈 뜨셨는데
눈 떠보니 바둑이 엄마
바가지로 물 뿌리고 계시더란다
바가지 물로 우황청심환 드셨단다

바가지로 맞으신 물
아직도 덜 말리셨는지
시상에, 아무 생각도 안 나고야
그 생각만 나는디야, 울고잡더라
새끼들을 누가 달래줄꼬

아가, 나 미국 안 갈란다
그저 하와이나 갔다 올란다

엄마는 내게 담배를 끊으라고

어머니와 나의 전쟁

무슨 놈의 아들이
에미의 간절한 소원 하나를 들어주지 않느냐
테레비에서 밤낮 나오는 소리를
듣도 보도 못했느냐
비쩍비쩍 마르면서
나이도 어린 것이 담배는 왜 배워 가지고
속을 썩이는지

예고 없는 어머니의 수색에
미처 숨지 못한 담배는
구겨지고 부러져서 대문 밖 쓰레기통으로
재떨이는 장독대로, 때로는 개집 밑으로

죄송해요 어머니
재떨이를 뒤적이다 휴지통을 들쑤셔
겨우 골라낸 장초로
휑한 가슴을 채워야 하는 아침이면
저도 후회해요
그 돈으로 맛난 거나 사먹으면 살도 찌겠지요

어머니 하지만

벌써 서른 해가 낼모레면 다 차는 이 날까지
버릇 들어버린
답답한, 자꾸 성냥 긋게 만드는
어머니 인생이
거기 아직도 대롱대롱 매달린 제 탯줄이
어머니 한숨보다 더 질긴 걸요

미아보호소

이 방송은 오늘의 마지막 방송입니다. 어린이를 잃어
버린 보호자께서는 폐장 시간 전까지 속히 정문 앞 미아
보호소로 와주시기 바랍니다.

나를 처음으로 공원에 데리고 왔던 사람을
이제 나는 궁금해 하지 않는다
그 사람의 이름을 기억하지 못하는 나이에
이미 내겐 실종된 보호자가 있었다

때로는 한 공원에 몇 번을 버려진 적도 있었다
언제부턴가
미아보호소의 긴 나무의자에
울다 잠든 자국을 남기지 않아도 되었다
나를 입양한 사람들의 집으로 가는
골목길을 외우는 일이
몹시 부끄러운 일이라는 것도 배웠다
그러다 언제부턴가는
자꾸 꿈을 꾸었다
나를 버리고 달아나던 누군가를
소리쳐 돌려세우면 내가 뒤돌아보고
뒤돌아선 나를 내가 보는,
꿈에 가위눌리지 않으려
눈 뜨고 있다가 잠이 들면

줄 끊어진 마이크를 붙잡고 중얼대는 꿈이
나를 칭칭 감았다

이 방송은 오늘의 첫 방송입니다. 이제 공원은 문을 닫
지 않습니다. 보호자를 버린
기억이 있는 분은 언제든 공원으로 가주시기 바랍니
다. 긴 나무의자마다 누운
그이들에게 한 장씩 어제 날짜의 신문이라도 덮어주시
기 바랍니다.

망태

어머니가 말했습니다
울면 망태할아버지 온다
울음을 그치고 어머니 품에 달려들면
왼팔에 내 머리 누이신 어머니는
오른팔로 내 눈 가려주시며
노래하셨습니다
우리 애기 잔다 망태야 오지 마라
망태야 오지 마라 우리 애기는 코 잔다

내가 말했습니다
망태야 오지 마라
우리 애인은 안 울고
이제는 코 잘 거다
망태야 오지 마라
이불로 애인의 눈을 덮어주었습니다

어머니는 모르셨습니다
당신의 애기가 망태가 될 줄을 모르셨습니다
애인들도 몰랐습니다
내 등에 걸린 주머니에
얼마나 많은 애인들이 잠자고 있었는지 몰랐습니다

망태는 잠을 자지 못합니다

겨울가족

1. 눈바다에 작은 집

어디서 갑자기 저런 집이 솟아올랐을까
나뭇가지 하나 보이지 않던 벌판에서

작은 불, 작은 아이들, 아주 작은 어머니
어느 겨울밤에 또 저 창을 들여다보았던가
창밖으로 비치는 것들은 모두 아름다운 법이라지만
한 번이라도 작은 것을 꿈꾼 적이 있었던가

세상 집들이 모두 가라앉은 눈바다에
멀어질수록 더 커져 세상을 다 담은 작은 집

2. 겨울나무

어느 속없는 바람이 어머닐 여기까지 실어왔나요
나무처럼 늙으신 어머니
빈 가지 빈 둥지를 이젠 땅에 내리세요
당신께서 하늘로 보낸 씨앗들에서 어느 한 떡잎이
당신의 뿌리를 붙들어줄 큰 나무로 자랐던가요
당신께서 품어 키운 새들에서 어느 한 날개가
당신의 헐벗은 가지를 덮어주려 돌아왔던가요

어머니
이제 제 가는 길을 앞지르는 일일랑 그만두세요
어머니에게 이 바람은 너무 차가워요
어느 날 제가 아주 지쳤을 때, 그때나
어머니, 그 뿌리의 물로 저를 흘려보내 주세요

3. 소리 폭포

소리를 따라간 곳에 폭포가 있었다
얼음 속에 소리가 앉아 있었다

네 아버지가 아니다 네 애비의 꿈이다
네 애비는 중학교에도 가지 못했다
마을에 소리 선생이 있어
겨울밤이면 선생네 사랑방에 모였다
네 할아버지께서 지게자루를 들고 쫓아오셨다
네 어머니에게 고기 한 근 못 사먹이고 낳은
네 형을 병원 한 번 못 데려가고 죽였다
이불 한 채 솥 하나 들고 고향을 떠났다
너를 키우고 네 누이들도 키웠다
아버진 헛되이 늙으셨어요
이 폭포가 깨지기 전엔 꼼짝 못한다
벌써 아흔아홉 번 목에서 피가 터졌다

언제나 부서지기만 하던 아버지
몇 번을 말해야 알아듣느냐
네 아버지가 아니다 네 애비의 꿈이다
늙은 애비라고 네 놈은 꿈마저 업수여겼더냐

4. 물고기들의 잠

물고기들도 겨울잠을 잔다
학교에서 누이들은 물고기처럼 졸았다

물밑은 따뜻하구나 오래들 깨지 말고 자렴

고무다라에서 넘친 차가운 물이
누이들의 꿈을 깨웠다
우물을 파던 남자들도, 깊고 따뜻한 우물도
사라졌다
한겨울에도 누이들은
밤에야 마음 놓고 빨래를 할 수 있었다
식구들을 모두 재우고
빨래처럼 얼어버린 누이들도 잠에 들었다

오빠 일어나, 아침이야

누이들의 손을 얼리고 물은 따뜻해진다

5. 겨울가족

창틀에 수북이 눈 쌓이고
식구들의 신발에도
하얀 눈

어머니 집 나서시기 전
식구들 신발 불가에 올리는 소리

샨티의 뿌리회원이 되어
'몸과 마음과 영혼의 평화를 위한 책'을 만들고 나누는 데
함께해 주신 분들께 깊이 감사드립니다.

개인

이슬, 이원태, 최은숙, 노을이, 김인식, 은비, 여랑, 윤석희, 하성주, 김명중, 산나무, 일부, 박은미, 정진용, 최미희, 최종규, 박태웅, 송숙희, 황안나, 최경실, 유재원, 홍윤경, 서화범, 이주영, 오수익, 문경보, 최종진, 여희숙, 조성환, 김영란, 풀꽃, 백수영, 황지숙, 박재신, 염진섭, 이현주, 이재길, 이춘복, 장완, 한명숙, 이세훈, 이종기, 현재연, 문소영, 유귀자, 윤홍용, 김종휘, 이성모, 보리, 문수경, 전장호, 이진, 최애영, 김진회, 백예인, 이강선, 박진규, 이욱현, 최훈동, 이상운, 이산옥, 김진선, 심재한, 안필현, 육성철, 신용우, 곽지희, 전수영, 기숙희, 김명철, 장미경, 정정희, 변승식, 주중식, 이삼기, 홍성관, 이동현, 김혜영, 김진이, 추경희, 해다운, 서곤, 강서진, 이조완, 조영희, 이다겸, 이미경, 김우, 조금자, 김승한, 주승동, 김옥남, 다사, 이영희, 이기주, 오선희, 김아름, 명혜진, 장애리, 한동철, 신우정, 제갈윤혜, 최정순, 문선희

단체/기업

주/김정문알로에 KIM JEONG MOON ALOE CO. LTD.　　환경재단　　design Vita　　PN풍년

사단법인 한국가족상담협회·한국가족상담센터　　생각과느낌 소아청소년 성인 몸 마음 클리닉

경일신경과 | 내과의원　　순수피부과 Soonsu Skin Clinic　　월간 풍경소리　　FUERZA

이메일로 이름과 전화번호, 주소를 보내주시면 샨티의 신간과 각종 행사 안내를 이메일로 받아보실 수 있습니다.

전화 : 02-3143-6360　팩스 : 02-6455-6367
이메일 : shantibooks@naver.com